자라는 돌

자라는 돌

송 진 권   시 집

창비

차 례

제4부 ___

제1부

딸레*

앵두나무 아래서

딸레를 데리고 가자

쬐그만 아주머니는 두고 가자

바구니에 담아둔 앵두는 뒤엎고

물크러지기 시작한 앵두는 흔들어 떨구고

앵두나무 그늘도 흩어버리자

바늘로 딸레 눈을 찌르고

딸레를 안고 어르며

머리를 빗겨주고

곱게 화장을 시켜 내 각시를 삼자

방울을 흔들면

딸레는 노래하고 춤을 추고

딸레는 눈이 먼 채 밥을 짓고

딸레는 눈이 먼 채 빨래를 하고

그래그래 착하지

딸레는 얼굴도 곱고

딸레는 마음도 이쁘고

딸레는 이제 집에도 못 가고 어떡하나 어떡하나

그래서 둘이는 아들 낳고 딸 낳고 행복하게 살았더래
하는 이야기의 끝처럼 살았으면 싶었지만
아무 날 아무 때 어딘가로 나갔다 돌아오니
딸레도 없고 아이들도 없고
옛날의 앵두나무 아래로 가니
앵두나무는 베어지고
쬐그만 아주머니도 누가 데려갔는지 없고
앵두나무 아래서
방울 혼자 흔들다 나는 울었다

* 정지용 「딸레」 변용.

대숲

오밤중, 대숲이 날 거두어들였을 적에는
대숲에 들러붙은 별들이 댓잎을 갉아대고 있었습니다
흠뻑 물기 머금은 바람이 그것들을 쓸어서는
한 섬이나 산 능선에 모아놓자
너울너울한 대숲은 빼곡히 수직으로 기립해서
제 무슨 비늘 달린 즘생이나 되는 듯이
숨을 몰아쉬며 웅크렸는데요
댓잎들이 몸을 뒤채 비늘 단 즘생의 몸을 이루고
후두둑 한번 몸을 떤 뒤
펄쩍 몸을 솟구쳐 중천으로 뛰어오르면
산이며 들이며 먼 인가의 불빛들이며는
다 그 앞에 부복할 터인데요
중천을 치받으며 즘생을 이룬 몸뚱이서
별들은 툭툭 떨어져내리다 팽그르르 돌다가
희미하게 가물가물 삭아 없어지기도 했는데요
중천의 달 모가지를 거머쥐며
슬슬 큰 즘생을 거느리고
나는 내가 아닌 것이 되어가고 있었는데요

가죽나무가 있던 집

오려진 종이나비들 빨강 하양 종이꽃 위를 날아가네요
하늘엔 먹구름 가득하고 땅엔 누린내 자욱하고 눈코입 모
두 뭉개져 흘러내리는 얼굴들 화톳불에 제 그림자를 던져
넣네요 대잡이는 눈을 뒤집고 쓰러지고 가죽나무 끝에 검
은 새 한 마리 머릴 곤추세우고 우네요 가죽나무 붉은 물은
철철 흐르고 나는 자꾸 어디로 가네요 걸음을 뗄 때마다 종
이나비들 바스러지고 입엔 단내 온몸 불덩어리 지니고 온
몸을 두고 자꾸 어디로 나는 가네요 이제 저기만 넘으면 다
왔다고 저 물만 넘어가면 다 왔다고 그러네요 무슨 일이 있
어도 뒤를 보지 마라 방울소리를 따라 해찰하지 말고 어여
어여 너 갈 데로 가거라 나는 울고 가는데 누가 뒤에서 나
를 부르네요 중천에다 앙큼하게 그어진 달을 기워놓고 솜
솜 별들도 박아놓은 채 그가 나를 붙드네요 나랑 하냥 살자
여기서 나랑 같이 살자 천 개의 눈을 뜨며 가죽나무 잎잎이
갈피갈피 나부대네요

하염없이

간다
소쩍새 울음 그 컴컴한 구렁 속으로
물 가둔 논에 뜬 개구리알 건져 먹고
조팝꽃 더미 속으로
거뭇게 웅크린 상여막 어둠 속으로

갈 때까지 간다
꽃 핀 나무 지나 죽은 나무에게로
죽은 나무 지나 조금 더 간다
지옥까지
개를 만나면 개를 타고 간다
깨벌레를 만나면 깨벌레에 업혀 간다*

눈깔사탕 같은 달을 물고
열 손가락 기름 먹여 횃불 해 들고
머리카락 뽑아 신을 삼아
십년을 살며 아이 일곱 낳아주고
더 더 간다

털실뭉치 굴리며 간다
요강뚜껑 굴리며 간다

우우 봄밤
우우 하염없는 봄밤

* 이성복 「아득한 것이 빗방울로」에서.

저 샘

휙휙 구름이 날고 있어요
수천 마리 벌떼가 붕붕거리고
가쁜 숨 토해내며 엉킨 몸엔
꽃들이 와서 피어나요
조금 더 조금만 더 가면
나는 하늘의 별을 흩어버릴 수도
달을 거머쥘 수도 있어요
이제 거의 다 와가요
아으 조금만 조금만 더

무지개를 잡아타고
당신 곁을 날아가는 봉황을 붙잡아요
달을 물어뜯는 검은 개들은 쫓아내고
꽃술 간질이며 헤엄치는
물고기들에겐 돌멩이를 던져요
이제 거의 다 와가요
당신 머리카락 좀 어떻게 해봐요
자꾸 입에 들어가잖아요

숨소리 좀 죽여요

누가 듣겠어요

이제 다 와가요

몸 늘이고 팔 뻗어 꽃 핀 저 나무를 붙잡아요

은하수 한 귀퉁이 헐어내

땅으로 쏟아내고

움켜쥔 별들은 흩어버려요

축 늘어진 몸뚱이 속에

어쩌면 우린 수수만리 흐르고 흐를

억조창생(億兆蒼生)을 일월성신(日月星辰)을

잉태할지도 몰라요

아직 내게서 나가지 말아요

조금만 더

조금만 더 내 속에서

아흐

조금만 더

꽃을 따서 놀던 것이[*]

아직 들리나요
그 노래
여전히 쟁쟁한가요
한 손엔 불을 들고 또 한 손엔 칼을 들고
어미 뱃속으로 다시 들어갈까요
그 컴컴 붉은 데서 다시 핏덩이로 뭉쳐져
둥글게 몸을 말고 눈 감고 귀 막고
뜨듯한 양수에 몸 담그고
문종이 바른 방 속인 듯 들어앉아서
유리쪽 댄 문으로 밖을 내다볼까요
방울 든 할머니가 빗자루로 몸을 쓸며
이마를 짚고 거울을 꺼내 당신의 전생을 보구요
거울 속의 어린 당신은 꽃을 따며 노네요
꽃 꺾어 머리에 꽂고 노래하며 노네요
나비는 날아오르구요
당신 머리에도 옷에도 내려앉아 팔랑이는 나비떼
꽃을 따서 놀던 것이 언제였는지
생각이 안 나고

그 노래도 영 기억에 없네요
한 손엔 불을 들고 또 한 손엔 칼을 들고
어서어서 가자구요
귓가에 쟁쟁한데 생각이 안 나는
그 노래 속으로
꽃을 따며 놀던 데로

* 김억 「꽃을 잡고」에서.

내진(內診)

아내의 몸속은 오박골이다
물봉숭아 절은 골짜기
검물잠자리떼 꽃잎 위를 날아간다

(여기가 손이고 여기가 발입니다)

호미를 든 어미와 할미가 비탈밭에 앉아 밭을 매고 있다
　어미는 호미로 귀퉁이가 깨진 달을 파내 허공에 던져놓
는다
　일제히 날아오르는 검물잠자리떼
　잠자리 날개 스치는 소리 가득한 하늘에다
　할미는 차르르 씨앗을 들어붓는다

저게 북두칠성이구 그 곁에 삼형제가 삼태성이구
저기 큼지막한 게 개밥바라기란다

(심장 뛰는 소리를 들어보세요)

모루에 벌겋게 달군 쇠를 놓고 내려치는 소리
달군 쇠를 찬물에 넣는 소리
주르르르 사태 난 골짝에 물 쏟아지는 소리

형체도 갖추지 못한 아이가 둥글게 몸을 말고
무얼로 올지 골똘하다

보리밭의 잠

너무 여물어 빨빨 쉰 보리밭 말고
아직 연한 보리밭쯤이면 될랑가
그것도 평지에 펀펀히 드러누운 보리밭 말고
산날망 넘어오는 뙤똥한 보리밭쯤이면 어떨랑가
막 비 온 뒤끝이라 파릇파릇 웃자라서
대공을 잘근잘근 씹으면 단물이 배어나는
배동 오른 보리밭쯤이면 될랑가
아지랑이 아물아물한 데서
하늘아이들이 시시덕대며 내려와 소꿉놀이하며
풀꽃 따다 밥 짓고 반찬 하고
보리피리 불다 돌아간 뒤
그나마 정든 구천도 어두워지고
살도 뼈도 다 저 갈 데로 가버리면
파릇한 혼백 하나
착하고 뚱뚱한 구름 속으로 둥둥 날아가
왼어깨에는 해를 앉히고
오른어깨에는 달을 얹고
머리카락엔 솜솜 별을 뜯어붙이고

이쪽을 향해 손을 흔들며
안녕이라고 할랑가
할 수나 있을랑가

내가 그린 기린 그림은

내가 그린 기린 그림은
검은 벽에 기대선 채로
해가 스무 번이나 바뀌었는데도
영영 울지를 않았습니다*
모가지만 계속 자라나서
계수나무잎을 다 따먹더니
분화구에 머릴 박고 물을 마셨습니다
뿔 사이로 기러기떼가 날아가고
눈에 은빛 서리를 묻힌 채
내가 그린 기린 그림은
미루나무 긴 다리로
여러 개의 물과 산을 지나
허청허청 걸어나갔습니다
내가 그린 기린 그림은
그림 속에 팔랑대는 나무 한 그루만 세워놓고
그림 밖으로 떠났습니다
눈매 서늘한 그 기린이 보고 싶습니다

* 김영랑 「거문고」에서.

24

철쭉제

팥죽 끓듯 버글버글 죄 끓어올라 피이피이 터져나오는 첫물 꽃무더기 유황냄새 벌겋게 달군 인두로 생살을 지지는 누린내 쇠꼬챙이로 가슴을 꿰뚫는 소리 숫돌에 칼 가는 소리 커다란 깃발 펄럭이는 소리 큰 새가 날아오르는 소리 숨넘어가는 단말마의 비명 겹겹 쇠사슬을 끌고 봉두난발 피칠갑된 몸을 끌고 오는 소리 피그르르 끓어올라 거품이 터지는 저 화탕의 지옥, 차라리 죽을 수 있다면 죽을 수만 있다면 머리 위로 날아오는 군홧발 붉은 모자 검은 썬글라스 차라리 잘된 것인지도 이게 나을지도 죽었다가 다시 살아나는 이런 삶이라니 풍선을 잔뜩 매단 아이스크림통 제자리만 빙빙 도는 다람쥐 쳇바퀴 야바위꾼들의 사탕발림 가운데 미친 듯이 허공에 가지를 너풀대는 저 버드나무

죽은 듯이

죽음에 비하다니 될 법이나 한 소리냐고 하지만 죽은 듯 자고 일어난 몸에 빗소리가 들려온 거라 처음 듣는 소리라는 듯 잔뜩 몸을 옹송그리며 귀를 모으고 조목조목 짚어가며 그 소릴 들었던 것인데 이거는 함석지붕에 떨어지는 소리 이거는 못자리 논에 떨어지는 소리 또 이거는 막 패어나는 보리 까끄라기에 떨어지는 소리 먼 데서 가까운 데서 들리는 소리들 틈으로 처마 물받이 홈통에 땅 패지 말라고 내놓은 양동이 속으로 떨어지는 낙숫물 소리도 섞여 들려왔던 것인데 이 비가 어젯밤 늦게부터 왔는지 아침나절부터 왔는지 영 가뭇없는 거라 둥글게 퍼지는 소리들 틈에서 나는 죽었다 살아왔는지 자다가 깨어났는지도 영 모르겠는 거라 하룻밤새 하 여러 몸을 빌려 살다 왔으니 눈만 껌벅껌벅하며 멀리서 온 것들이 세상 것들과 만나 내는 이 소리를 죽은 듯이 엎드려 듣고만 있었던 거라

월식

몸에 새카맣게 다슬기떼 들러붙는다 목구멍을 타고 내려
와 속을 파먹는 다슬기 다슬기떼 터질 듯 팽팽히 부풀어오
른 배 흰자위를 뒤집어쓴 눈깔 누런 진물 질질 흐르는 배를
파먹으며 꾸역꾸역 기어나와 새카맣게 들러붙어 퉁퉁 불어
떠오른 여자를 뜯어먹고 아기를 뜯어먹고 배를 동여맨 광
목천을 비집고 꾸역꾸역 기어나오는 다슬기 다슬기떼 뱃속
에 거꾸로 매달렸던 아이가 새파랗게 질려 울기 시작한다
빛깔 고운 물고기를 잡아줄까 아가 울지 마 제발 조약돌을
주워줄게 아가야 가재를 잡아줄게 말풀을 몸에 칭칭 감은
여자가 입을 헤벌리고 떠오른다 동공이 풀린 눈을 뜨고 퉁
퉁 분 여자가 터질 듯한 배를 감싸고…… 엄마가 미안해 우
리 애기 엄마가 정말 많이 미안해

제2부

정을 떼다

노간주 나뭇가지를 불에 구워 코뚜레를 만들어놓았다

귀를 쫑긋대며 새끼는 어미에게 몸을 묻었다

뜸베질을 하며 어미는 모질게 새끼를 떠다박질렀다

영문 모르는 새끼가 목을 뽑아 울었다

삐죽이 뿔이 돋아나 있었다

산골 엽서

감자

햇빛을 받아 푸른 물 오른 감자는
맵고 아려서 못 먹습니다

세상엔 그냥 그늘에
두어도 좋은 것들이 있습니다

우렁이 핥고 가는 더운 논물에*

종일 들일하고 들어온 늙은이 둘
하나는 밥을 안치고
하나는 쇠죽을 끓인다
찬장엔 사기대접
파리똥 앉은 백열등
켜켜 그을음 묻은 서까래
밤송이 막아놓은 쥐구멍

이 정지에서 일곱이나 되는 것들이
밥을 먹고 몸을 키워 대처로 나갔다고
김나는 더운 쇠죽 구유에 부어주며
욕봤다 욕봤다
짐승 먼저 먹이고
사람이 먹어야 한다고
상추쌈 싸 공손히 입으로 가져가는 두 늙은이
우렁이 핥고 가는 더운 논물에
노는 쌀방개 등허리에
반짝 모이는 달빛 별빛

밤마실

분꽃이 버는 저녁
메꽃넌출 분꽃 대공 따라 올라가
섞음섞음 피는 저녁
숭덩숭덩 무수 뻐져 넣고

벌겋게 지진 간고등어 비린 저녁

솥 가셔 눌은밥까지 먹고
들마루에 누워
개똥불이 내놓은 길을 따라
메꽃 이파리 발 디디며
우리는 달로 마실 갔습니다

네미

도토리 우리는 새암가
튿어진 앵두나무 그늘
나붓나붓 썰어 넌
호박고지 무고지
기둥에 걸린 주둥이 묶인 대두병
수채를 따라 핀 봉숭아
박각시 날아드는 저녁

끼니때 되었다고
소 울음소리 돼지 울음소리
송아지 데리러 간 녀석은 왜 여태 안 오나

한 가마니 쏟아진 별들
밀개로 밀어놓은 쇠물재
나간지가 봐 언젠데
그게 봐 언젠데

네에에에에미
네에에에에에에미

閑日

두꺼비 기는 역 광장
물기 머금은 플라타너스
뿔에 물방울 달고 유리창에 들러붙은 달팽이

갱엿실같이 끈적하니 늘어지는 사투리
도롱이를 입고 나가신 할아버지와
담뱃대를 물고 나가신 할아버지**
반굉일은 반 노는 날
굉일은 온 노는 날

이원 지탄 심천 각계
영동 황간 추풍령 김천

  * 박목월 「사행시(四行詩) 한 수(首)」에서.
** 정지용 「할아버지」에서.

각인
제비꽃과 개구리밥에게

기억하니
물기 많았던 시절
그래서 더 깊이 패었던 시절

아직도 생각나니
달구지 타고 맨발 들까부르며
우리 거기에 갈 때
지네뿔에 발굽이 크던 소
양쪽 뿔에 치렁치렁 늘인 칡꽃
질컥한 길에 빗살무늬로 새겨지던 바큇자국
뒤따르던 질경이꽃
햇빛 사려감던 바큇살
어룽대며 곱던 햇발이며
연한 화장품 냄새

다시 돌아올 사람들과
다시 오지 못할 사람들이
나란히 앉아 발을 들까부르며

쇠꼬리에 붙는 파리나 보며 시시덕대던 시절

물기 많았던
그래서 더 깊이 패었던 시절을

너머

누가 나를 업고 간다
살이 무른 걸 보아 사내는 아니다
숨소리가 거칠다
먼 길을 왔나보다
혼자가 아닌지 두런두런 말소리가 들린다
무슨 말인지 하나도 알아들을 수가 없다
등에서 축축이 땀이 배어난다
개 짖는 소리 닭 우는 소리
짚검불 태우는 내
폭 씌운 옷을 내리자
훅훅 훈김이 나는 어깨 너머 그 집이 보인다
피자두나무 꽃이 드문드문 배긴 집
잠투정하느라 우는 내 손에
참꽃을 꺾어 쥐여준다
털이 숭숭 난 목덜미
우렁우렁한 목소리
얼굴을 볼 수 없는 따스한 등만 생각난다
그 집에다

나를 내려놓고 그길로 되짚어갔다 한다
다시는 안 오마고 했다 한다
그 집에서 살았다
할미 할아비라는 이와
어미 아비라는 이와

Moldova[*]

달 속의 집입니다
오동꽃이 툭툭 떨어지고 있습니다
어디서 들은 옛말 속 같기도 합니다

달은 너무 물러서
젓가락이 푹푹 들어갑니다

밥상머리에 식구들이 앉았습니다
어린것은 무릎에 앉히고
좀 큰 것들은 비잉 둘러가며 앉아
낮에 산에서 주워온 노루를 먹고 있습니다
나이를 많이 먹었는지 고기가 질기다고
소금 찍어 꼭꼭 씹으라는 소리가 들립니다
젓가락 간종거리는 소리가 들립니다
기름 둥둥 뜬 국물 훌훌 불어 마시던
사내가 어린것 입에도 고기 한 점을 넣어줍니다
어린것은 체해 토사곽란으로 한잠도 못 잤습니다

달 속의 집입니다

기우뚱 오동나무가 그때처럼 오동꽃을 피우고 있습니다

육고기는 입에도 대지 않는 아이가 있습니다

* 쎄르게이 트로파노브(Sergei Trofanov)의 집씨 바이올린 곡.

먼 꽃밭

해거름인디
어깨를 마른나무거치 구부린
강물이 가늘게 흘러가데

저편 강둑엔 꽃밭 거튼 놀 타는디
저 꽃밭 속에 어린 엄마가 있어
갈밭머리 지나는 바람거치
상금상금 발자국 떼어놓으며
한 움큼씩 꽃 꺾어 머리에 꽂고
땋머리 엄마가 가데

자그락자그락 조약돌 밟는 소리로
눈이 대꾼한 별들이 뜨고
물 위에 둥둥 뜬 달이
어린 엄마를 태우고
어디 어디 가자
어디 어디 가자고 어르시는디
저 꽃밭을 다 떠메고 물은 가는디

땋머리 엄마도
뒤도 돌아보지 않고 가는디

먼 세상의 꽃밭은 엄마를 태우고
어디 어디로 가고
엄마는 나를 낳아놓고
한정없이 붉은 곳으로 가고
이켠에서 동동 구르며 불러도
엄마는 가고

추석 만월

애탕글탕 홀아비 손으로 키워낸 외동딸이
배가 불러 돌아온 거나 한가지다
동네 각다귀 놈과 배가 맞아
야반도주한 뒤 한 이태 소식 끊긴 여식
더러는 부산에서 더러는 서울 어디 식당에서
일하는 걸 보았다는 소문만 듣고 속이 터져
어찌어찌 물어 찾아갔건만
코빼기도 볼 수 없던 딸년 생각에
막소주 나발이나 불던 즈음일 것이다
호박잎 그늘 자박자박 디디며
어린것을 포대기에 업고
그 뒤에 사위란 놈은
백화수복 들고 느물느물 들어오는 것 같은 것이다
흐느끼며 큰절이나 올리는 것이다
마음은 그 홀아비 살림살이만 같아
방바닥에 소주병만 구르고 퀴퀴하구나
만월이여
그 딸내미같이 세간을

한번 쓰윽 닦아다오
부엌에서 눈물 찍으며 조기를 굽고
저녁상을 볼 그 딸내미같이

노루목이라는 곳

이제는 이름만 남은 여기가
노루목이라는 곳인데
노루가 다니는 길목이라서
이름이 붙었을 이곳은 싸리꽃이 흔하다
몰이꾼이라도 올라오는지
동그란 싸리 이파리들이 우수수 흔들린다
어미 잃은 새끼 노루의 울음이라도 들릴 듯하다
새끼 울음소릴 흉내내 피리를 불어
어미 노루를 잡는다는
피리사냥 이야기를 해주던 이가 있었다
바람소리에도 놀라는 겁 많은 짐승이
제 죽을 줄 알고서도 새끼를 찾아 나온다고
깻잎을 포개 명주실로 묶으며 말하던 이가 있었다
노루고기를 먹으면 재수 없다는 말은
순하고 약한 걸 지키려고
누가 슬쩍 흘린 거 아닌가 몰라
노루꼬리만큼 해가 남은 산마루
독에다 깻잎을 지질러박으며

돌로 꼭꼭 눌러놓고
뚜껑 덮으며 말하던
깻잎내가 나던 사람이 있었다
노루목이란 이름만 남은 여기엔
노루 울음 같은 싸리꽃만 흔하다

봄

팔자를 고쳐 달아난 여자를 쫓아
천릿길을 걸어왔다
실뭉치 풀어 굴리며
요강뚜껑 굴리며
감발하고 괴나리봇짐 메고
봉두난발 폐포파립 흉중에 칼을 품고
핏발 선 눈으로
제비꽃에 눈 흘기고
꽃다지를 짓뭉개고
물어물어 찾아온 여자가 산다는 집
곱게 비질된 마당
가지런히 벗어둔 신발이 두 켤레
빨랫줄 가득 펄럭이며 날리는 기저귀
갓난것이 우는 소리
여자의 웃음소리에 섞인
굵은 남자의 목소리
밥숟가락 부딪는 소리
고샅 살구나무에 살구꽃만 피워놓고

뒤안 자두나무에 흰 자두꽃만 피워놓고
흉중의 칼은 물에 가라앉히고
실뭉치 헝클어뜨리고
요강뚜껑 던져버리고
나는 돌아왔다

태(胎)

올봄이던가요 조그만 물고기 같은 거였던 나는 철쭉꽃
밭에도 엎어지고 영산홍 꽃가지에도 걸리며 취중이다 싶
게 걸었는데요 세상천지 붉은 것들은 모두 다 어미 뱃속같
이 그렇게 컴컴한 데서 이제 막 형체만 갖춘 흐늘흐늘한 목
숨 같기도 했는데요 죽은 어미가 나를 가졌을 때 그렇게 육
고기가 먹고 싶어 가죽나무를 아궁이에 태우며 고기냄새를
맡다 울었다는데요 그걸 돌아가신 할아버지가 보고 씻나
락을 팔아 고기 한칼 끊어다 부뚜막에 슬쩍 놓고 마실을 가
셨더라는데요 뚝뚝 피가 듣는 살점을 굵은 소금 찍어 게 눈
감추듯 먹었다는 어미가 그걸 다 먹고는 절절 울었다는데
요 살점 같은 피가 도는 꽃잎들 속을 흐늘흐늘 내가 가는데
요 어미 뱃속이다 싶게 비린내도 훅훅 끼치는데요 채 생기
지도 못한 몸이 물들어오는 붉은 기운에 저릿저릿 가슴께
가 저려왔는데요 파드득 내 속의 목숨이 솟구쳐 노을 먼 데
까지 차오르는 흑…… 봄이었는데요

맨드라미꽃밭

　잘 벼린 칼로 배를 가르자 물컹 피 묻은 내장이 쏟아진다 훈김이 나는 뱃속 이슬 머금은 맨드라미꽃밭 자욱한 피비린내 아직 살아서 버둥대는 네 다리 겁을 잔뜩 집어먹은 눈매에 뻗치는 살기 숨을 몰아쉬며 울어대는 돼지 멱을 따던 아버지 할머니가 얼른 내 눈을 가린다 쿨럭쿨럭 솟구치는 피를 양동이에 받는 아버지 아버지가 몰래 내 입에 넣어주던 기름소금 찍은 꼬독꼬독 들크무레한 생간 한 쪽 잇바디 입술에 피를 묻히고 붉게 붉게 웃으시는 아버지

　체할라 꼭꼭 씹어야 한다
　에…… 새끼가 들었구나 새끼 밴 짐승은 잡는 게 아닌데……

　내장을 한 양동이 얻어 집으로 가는 아버지 아버지 가랑이 사이로 칭얼대는 여우새끼들 피 묻은 연장을 물에 씻고 숫돌에 칼을 가는 아버지 아버지가 잘라준 생간 한 쪽 들크무레한 고소한 살기 자욱한 저 맨드라미 맨드라미꽃밭

제3부

달 속의 할머니
못골 1

가을걷이 끝나고 마실 가는 할머닐 따라 성새미네 집엘
가면 둥구나무 그림자 발꿈치에 눌어붙곤 했는데요 나무에
깃들였던 귀신이며 달별들도 따라붙곤 했는데요 우리가 지
나온 길이 스르르 몸을 풀며 가뭇없이 어둠속으로 잠겨들
고 웅크린 산들이 거멓게 일어서는 기척에 나는 자꾸 길섶
풀벌레 울음소리에도 웅크리며 할머니 치마꼬리에 엉겨붙
곤 했는데요 어둠속에 묻힌 길이 이무기처럼 희게 희게 배
를 뒤집고 떠오르면 꺼칠한 할머니 손 힘주어 잡은 내 손에
도 어느새 땀이 배어나곤 했는데요 아귀아귀 달빛에 파먹
힌 어둠을 따라 할머니 머리에 인 고구마넌출 내 목덜미에
늘어져 저 축축한 어디 먼 데 사는 귀신의 혓바닥일지도 몰
라 오스스 무서리가 목덜미를 따라 내릴 때면 성새미네 처
마에 켜놓은 백열등은 아귀의 눈처럼 희미하게 눈을 뜨고
흔들렸습니다

할머니들 고구마줄거리며 얼갈이배추를 다듬을 때 잎사
귀 갈피갈피 성춘향이 쑥대머리 귀신형용이 포개지구요 승
천 못한 이무기가 처녀 하나 잡아먹고 스르르 또아리 틀며

제 굴 속으로 들어가면 살풋 잠 깬 난 여기가 어느 큰 짐승의 뱃속일지도 모른다고 생각하곤 했는데요 꽉 절은 담배 연기에 눈도 못 뜨고 갈비뼈 같은 서까래 세어보다가 할머니가 나를 깨워 업고 머리까지 할머니 옷에 들씌워진 채 툇마루에 나왔을 적엔 귀뚜라미 여치 우는 소리가 씀벅씀벅 마당에 꽉 절었는데요 신발에 든 귀뚜라미 털어내고 신을 신고 돌아올 때는 우리가 초저녁에 걸어온 길이 허물 벗은 뱀같이 말갛게 떠오르곤 했습니다 꼬꼬닭도 검둥개도 울지 않은 할머니 등에 귀를 대고 뜨듯한 소리의 울림에 까뭇까뭇 잠들었는데요

　우리가 걸어온 길들이 스르르 몸을 숨기고 어디만치 왔나 차돌멩이 돌았다 모새밭 지났다 어디만치 왔나 나를 내려놓은 할머니가 둥근 달무리의 문을 열고 가뭇없이 달 속에 들어가 앉으시고 할머닐 쳐다보며 시악을 쓰고 울어도 할머닌 다시 나오시질 않고 할머니가 풀어내놓은 고구마 줄거리 넌출넌출 길게 난 길을 쫓아 여기까지 온 나는 시방 쪼그리고 앉아 사방천지 이무기가 뿜어내놓은 독 같은 부

연 세상에 혼자 마냥 패악을 떨며 돌팔매나 던지는 것인데
요 장지문 삐걱이는 소리도 들리지 않고 어디만치 왔나 어
디만치 왔나 불러도 대답도 없이 어여 가거라 아가 어여 할
머니는 손을 내저으며 가라고 가라고 홰홰 손을 저으시는
것입니다

늦봄
못골 2

　여가 워디여 까치둥우리 머리 매만지며 고대 가겄던 냥반이 시난고난 살아나서는 정신도 온전치 못한 이가 뜰팡에 주저앉아 꽃구경헌다고 속치마 바람으로 흙더버기 되어서는 무꽃에 나비 날아와 엉기는 시상천지 언제나 또 와보겄냐 고와라 고와라 쭈그려앉아 족두리 위에 앉아 팔랑대는 나비거치 나부대는디 파르르 꽃잎 지는 저 워디메서 저 니들이 다 뭐라는겨 꽃잎 속에 섞여가지구 저 니들이 다 뭐라는겨 가자구 가자구 신발 속에도 봄볕 낙낙하니 신발 신구 따라나스라구 큰애기 적 바구니 끼고 나물 뜯으러 가던 날거치 거기 가면 다들 볼 거인디 이쁘게 하구 가야햐 주름 깊은 얼굴에 분을 찍으며 아끼던 치마저고리 꺼내놓고 야 야 이쟈 갈란다 신발 신고 구부정히 가다가 어드멘가서 제 살던 데를 돌아보드끼

조맹선이 소 몰듯이
못골 3

못골 조맹선이는 어릴 적 되알지게 홍역을 앓아 숨이 끊어졌다고 생각한 부모가 윗목에 밀어놓고 날 새면 가져다 묻는다고 했는디 날 새고 보니께 아가 꼬무락대고 핏기가 돌아 살아났다는디 그때부터 아가 영 데퉁맞고 좀 모자라 그 어미가 장 걱정이라 치성을 드린 효험이 있었는가 마누라 하나는 방짜로 은었다는디 그 마누라 키는 깡똥해도 해사하니 고운 살결이며 뭘 해도 야무지게 잘해서 시부모나 이웃에 칭송이 자자했는디 하루는 그 마누라가 조맹선이더러 봇둑에 매놓은 소를 데려오라구 시켰는디 빈손으로 털레털레 돌아온 조맹선이 소가 자꾸 뒤에서 떠받아서 못 몰고 왔노라고 망할 눔의 소가 사람이 만만한가 자꾸만 뿔로 들이받는다고 그래 그 마누라가 같이 가보자구 어떻게 소를 몰았는지 해서 조맹선이 소를 모는디 소 대가리 바루 앞에서 고삐를 쥐고 어여 가자 어여 가자 하니 소가 걸을 때마다 쇠뿔이 걸려 거추장스러워 자꾸 대가리를 흔드니 뿔이 뒤를 받는 거라 아이고 이 냥반아 소는 뒤에서 슬슬 홀기야 가지 앞에서 얼찐대믄 들이받는겨 하니께 조맹선이 우리 마누라는 똑똑두 하다며 집으로 갔다는디 그래 또 하

58

루는 소를 몰러 나왔는디 그날사 소가 뭘 잘못 먹었는가 뒤에서 슬슬 홀기던 조맹선이 푸드득 소가 물기똥을 갈기자 똥타배기가 되어가지고는 집에 와 너 때문에 이게 뭐냐구 투덜거리더란다 그래도 조맹선이는 워디 가서두 꾀 안 파구 착실하니 마누라 말도 잘 들어 애두 다섯이나 두구 전답 마지기나 장만해서 잘 살았는디 그때부터 동네사람들이 좀 어리석은 사람에게 조맹선이 소 몰듯 한다고 쑥덕공론이 돌았더란다

걸음마
못골 4

하지감자거치 폭신하게 익은 달이 둥실헌디
달빛은 왱기거치 한 가마니 그득 마당에 쏟아지고
가죽나무 그림자 길게 마당을 덮어갔지요
슬레이트 지붕골을 타고 꽉 절은 별들이 도르르 굴러서
톰방톰방 쇠지랑물 속으로 빠지기도 하는디
고집불통 우리 소가 첫배 새끼를 낳느라고
동네 쟁매기네를 불러대고 생난리였는데요
우리 소야 워낙에 초산이라 부쩌지 못하고
들락날락 일났다 앉았다 용을 쓰는디
초저녁부터 시작된 산통이 새벽까지 가는디
욕봤다 욕봤어
양수 터진 누런 달빛 속
쇠등을 쓸며
에미 새끼 둘 다 죽을 뻔했다고
손에 묻은 피를 닦아내며
송아지라고 황송아지라고
불알이 똑 인절미 매달아논 거 거튼 눔이
부들부들 떨며 일어납디다

뿌연 달빛 속을요

허청허청 걸음마

어미젖까지는 어찌 그리 멀던가요

쇠지랑물 쇠비름 돋은 수채

모인 별들이 죄 희끄무레해지는 새벽참

입가에 젖을 묻히고 송아지는

경중경중 어미 곁을 뛰어다니더라니까요

절골
못골 5

　고종내미 갸가 큰딸 여우살이 시길 때 엇송아지 쇠전에
넘기구 정자옥서 술국에 탁배기꺼정 한잔 걸치고 나올 때
는 벌써 하늘이 잔뜩 으등그러졌더랴 바람도 없는디 싸래
기눈이 풀풀 날리기 시작혔는디 구장터 지나면서부터는 날
비지 거튼 함박눈이 눈도 못 뜨게 퍼붓드라는구만

　금매 쇠물재 밑이까지 와서는 눈이 무릎꺼정 차고 술도
얼근히 오르고 날도 어두워져오는디 희한하게 몸이 뭉근히
달아오르는디 기분이 참 묘하드라네 술도 얼근허겄다 노래
한자락 사래질까지 해가며 갔다네 눈발은 점점 그치고 못
둑 얼음 갈라지는 소리만 떠르르하니 똑 귀신 우는 거거치
들리드라는구만

　그래 갔다네 시상이 왼통 허연디 가도 가도 거기여 아무
리 용을 쓰고 가두 똑 지나온 자리만 밟고 뺑뺑이를 도는겨
이러단 죽겄다 싶어 기를 쓰며 가는디두 똑 그 자리란 말여
설상가상으로 또 눈이 오는디 자꾸만 졸리드라네 한 걸음
띠다 꾸벅 또 한 걸음 띠다 꾸벅 이러면 안된다 안된다 하

믄서두 좋았는디

　근디 말여 저수지 한가운디서 누가 자꾸 불러 보니께 웬 여자가 음석을 진수성찬으로 차려놓고 자꾸 불른단 말여 너비아니 육포에 갖은 실과며 듣도 보도 못한 술냄새꺼정 그래 한 걸음씩 들어갔다네 눈은 퍼붓는디 거기만 눈이 안 오구 훤하드라 시상에 그런 여자가 읎겠다 싶이 이쁘게 생긴 여자가 사래질하며 불른께 허발대신 갔다네

　똑 꿈속거치 둥둥 뜬 거거치 싸목싸목 가는디 그 여자 있는디 다 왔다 싶은디 뒤에서 벼락 거튼 소리가 들리거든 종내마 이눔아 거가 워디라구 가냐 돌아본께 죽은 할아버지가 호랭이 거튼 눈을 부릅뜨고 지팽이를 휘두르며 부르는겨 무춤하고 있응께 지팽이루다가 등짝을 후려치며 냉큼 못 나가겄냐 뒈질 줄 모르구 워딜 가는겨

　얼마나 잤으까 등짝을 뭐가 후려쳐 일어서본께 둥구나무에 쌓인 눈을 못 이겨 가지가 부러지며 등짝을 친겨 등에

눈이 얼마나 쌓였는지 시상이 왼통 훤헌디 눈은 그치고 달
이 떴는디 집이 가는 길이 화안하게 열렸거든 울컥 무서운
생각이 들어 똑 주먹강생이거치 집으루 내달렸는다는디 종
내미 갸가 요새두 둥구나무 저티 가믄서는 절해가매 아이
구 할아버지 할아버지 헌다누만

무수
못골 6

숱한 세월이 흘렀는디두 어제일 걷다야
눈이 어둔 우리 고모 시래기 거튼 푸석한 손으로
막걸리 자신 입을 훔치며 무짠지 집어들고
찬찬히 그때를 짚어보시는디

하늘이 무수 대강이 오른 파랑물 같은 봄날
해토한 움을 열고 우리 고모부 고종남 씨 무수를 꺼냈겄다
삼동을 날 동안 무수 하나로 조석을 해댄
억척빼기 우리 고모 박딸금 씨도 그 저티서
광우리 무수를 담고 있었는디
얼렐레
내남적없이 하 배고픈 봄날에 박딸금 씨
기중 못난 무수 하날 골라
쓱쓱 광목 치맛말기로 닦아
한입 베물려는디
담배참으로 아지랑이나 쳐다보며 해찰하던
고모부 고종남 씨가 여편네 고쟁이 새로 뵈는 무수 거튼
허연 다리통을 보고 만 거라

마음이 동한 고종남 씨 싫다는 고모를 끌고

물 마른 봇도랑 새로 들어가

일을 벌이셨다는디

어따야

쉰밥 취급하던 여편넬 그리 장하게 밀고 들어온 적이 읎

었다는디

갓 날아온 제비년들이

전깃줄에 나리비로 앉아서들

난 다 밨는디

다 밨는디 머

하 입 싸게 놀려대고

입 무거운 굴왕신마저도 움 속에서

우멍한 눈을 거멓게 뜨고는 신들신들 웃었다는디

낯 붉어진 박딸금 씨

주섬주섬 광우리 무수를 이고

지아비 앞세우고 동네 입새 들어섰는디

삼동네 꽃다지 번지드끼

매초롬한 제비년들 입방아를 찧고 다녀

몇날을 얼굴 못 들고 댕겼다는디

그 고모부 동란 때 잃고
삼남매 혼자 키워낸
아직 정정한 우리 고모 박딸금 씨
아흔에서 둘이 빠지는 미수(米壽)
무수만 보믄 얼굴 붉어진다고
갓 시물난 시악시 겉다고
막걸리 대접 부시며
아직도 보얀 다리통 드러내며
헤벌쭉 웃으시는 우리 고모 박딸금 씨
시상 최고로 맛난 건
겨울 지난 무수 낫으로 썩썩 깎아 먹는 거라고
체머리 흔들며 말씀하시지요
아덜 앞에서 못하는 소리가 없다고
며느리한테 퉁박을 맞으면
애고 무시라
애고 무시라 하시믄서두요

맹꽁이 울음소리
못골 7

소란스레 후두둑 막 퍼붓다가
들이붓다가 흙탕물 이뤄 떠난 것들을
따라가지 못한 물방울들이 칭얼대며
머위잎이나 오동나무 새순에 엉긴 밤이구요
똑똑 물방울 듣는 소리 사이사이로 듣는
저 소린 분명 맹꽁이 울음소리인데요
황소가 영각을 쓰며 벽을 들이받듯
세상의 옆구릴 들이받는
이 소릴 따라 찬찬히 가보면
청솔가지 매운 연기 매캐한 집 안
눈물 많은 식구 중 하나가
눈물 훔치며 똑똑 나뭇가질 분질러
아궁이에 불을 넣고 있을 거구요
내가 아직
뿔이 돋기 전
이도 나기 전
그저 하나의 숨이었을 때
보드라운 살덩이 하나로

살붙이들 가슴에 안겨서 들었을 이 소리 속에는
고모며 고모부며 그 고모의 아들딸들이며
마실 온 이웃 아주머니들까지
둘러앉아 감자에 소금 찍어 먹으며
왁자하게 웃고 떠들며 얘기를 하고 있을 것이지요
해서 이 소리는
솥뚜껑 여는 소리를 내며
감자 익듯 긴 밤을 저 혼자 익어가서
폭신하게 익은 보름달을
둥그렇게 밀어올리는 것이지요

배부른 봄밤

못골 8

가마솥 속 같은 밤인데요

늙은 산수유 몸 밖으로

어찌 저리 많은 꽃들을 밀어냈는지

정수리에서 발꿈치까지

온몸에 차조밥 같은 꽃들을 피웠는데요

배고프면 와서 한 숟갈 뜨고 가라고

숟가락 같은 상현달도 걸어놓았구요

건건이 하라고 그 아래

봄동 배추도 무더기 무더기 자랐는데요

생전에 손이 커서 인정 많고

뭘 해도 푸지던 할머니가

일구시던 텃밭 귀퉁이

저승에서 이승으로

막 한 상 차려낸 듯한데요

쳐다보기만 해도 배가 부른데요

이 푸진 밥상

혼자 받기가 뭣해서

꽃그늘 아래 서성이는데

혹 끼치는 할머니 살냄새

우리 강아지

우리 강아지

엉덩이를 툭툭 치는 할머니가

소복이 차려내신 밥상

그 누런 밥상에 스멀스멀

코흘리개 어린 내가

숟가락을 막 디미는데요

가마솥 속 같은 봄밤

뚜껑을 열자 김이 보얗게 오르는

배부른 봄밤인데요

곡우 지나고
못골 9

철쭉이 잔뜩 독을 올리고 피었다
사람을 홀리는 꽃이다
철쭉꽃을 먹으면 눈이 먼디야
철쭉꽃을 먹으면 실성을 헌디야
할머니가 구부정히 꽃 속에서 걸어나와
구시렁대며 옆에 쭈그려앉는다
호랭이보다 무서운 게 담비떼여
벌건 주둥일 벌리고 깩깩대면서
훌훌 사람 머리 위를 뛰어넘고 타넘다가
흘딱 넋을 빼놓고는
떼로 달려들어 대가리 들이밀고 속을 파먹는단다
어디서는 소가 꼼짝도 않고 누워 있어 가보니
뱃속에 우글우글 담비가 그득 들었더라고
할머니가 망태기 메고
꽃무더기 속으로 들어간다
죽어도 곱게 못 죽고
몇해를 벽에다 똥을 처바르고
입에 못 담을 욕을 해대던

먹고 돌아서도 금방 배가 고파

저년이 시에미를 굶겨 죽일라고 저만 처먹고

철쭉꽃을 한 소쿠리 따다 줄까요 할머니

오냐오냐 니들이 나를 죽일라고

천벌을 받을 거여 천벌을

내가 그렇게 쉽게 죽어줄까

이 천하에 불한당 같은 것들아

붉은 아가리를 쩍쩍 벌리고

오냐오냐 철쭉꽃이 피었다

죽은 사람도 홀리는 꽃이다

김옥심전(傳)
못골 10

바랭이 쇠뜨기 욱은 데 여뀌꽃 소름 돋게 매달린 풀밭 니미랄 거 날은 오지게도 푹푹 쪄쌓는디 두꺼비를 잡아 한 아가리 미어지게 우겨넣는 구렁이를 만난 좀 모자란 큰애기 적 어미는 조선낫으로 대가릴 콕 찍어 손을 칭칭 감는 놈을 약한다고 포옥 삶아서 누런 기름 둥둥 뜨는 뽀얀 국물을 혼자 몰래 마셨답니다 지랄하구 소도 못 먹는 여뀌만 뜯어왔다구 퉁박을 맞은 어미가 토방에 몸을 뉘었을 때는 삼복중이라 잠이 안 와 앞마당 새암에 물이나 축이겠다구 홀랑 벗구 물 뒤집어쓰고 나와 눈을 붙였을 때는 어떤 놈인지 아니 아니 어떤 꿈결인지 아닌지 낯모를 사내와 밤드리 놀았답니다 배는 점점 불러오고 처녀가 애를 뱄으니 망조가 들어두 단단히 들었다고 할아버지 지겟작대기를 피해 숨어든 빈 헛간 짚검불에서 몸을 풀었다는데요 어미가 이로 물어뜯어 탯줄을 가르고 젖을 물렸을 적 어디 구렁이 우는 소릴 들었다나 뭐라나 헛소리를 해대는 통에 물어물어 찾아온 할머니께 쥐어뜯기고 나가 뒈지라구 그래두 할머니가 끓여온 미역국에 따순 밥 말아 먹은 어미는 해산 후 며칠 만에 따뱅이 이고 디룽대는 어린걸 업고 여기저기 떠돌며 나

74

를 키웠는데요 밤이고 낮이고 양은다라이 아래서 흔들리며
때 묻은 포대기 속에서 간간한 간고등어나 물오징어 냄새
절은 어미를 따라다니다가 아이보개로 낯모르는 손을 따라
여기까지 흘러와 이만큼 살아왔으니 민어 가시 같은 억세
디억센 세상에 나를 세상에 내인 이가 어느 아비인지는 모
르나 저 나무나 저 풀이나 살았을지 아니면 죽었을지 모를
어미나 이제사 생각해보면 다 고맙고 그리운 일이지요 뭐

지탄(池灘)
못골 11

외돌아져 한갓진 마당 산국내는 처마 그늘 아래 고입니다 마른 구절초 다북쑥 씨갑시 봉지 걸린 처마 영감님 제사에 쓸 곶감도 보얗게 분이 일었습니다 기우뚱한 반닫이 위 금성 테레비가 켜지면 딩동댕동 실로폰이 울리며 일요일의 남자 송해가 우렁차게 여러분께 인사를 올리며 나옵니다 한쪽이 기운 상다리를 송판 괴어놓고 할머니는 테레비를 보며 늦은 점심을 먹습니다 해묵은 파리 한 마리가 천장에서 내려와 밥에도 앉았다가 얼갈이 겉절이며 고추장까지 한 번씩 찍어먹고 숭늉으로 입까지 가신 후 통통한 배 붙이고 할아버지 사진틀에 앉아 조는 동안 할머닌 찔레꽃을 비벼 넣고 바람도 쉬어가는 추풍령 고개를 넘어 비 나리는 고모령까지 두루 무릎장단을 치며 다닙니다 테레비 본다고 밤마실 갔다 실족해 누운 할머닐 보고 구두쇠 영감님 아끼고 아껴 장만한 테레비 영감님 없인 살아도 테레비 없인 못 산다던 할머니 이태 전 먼저 간 영감님 십팔번 나그네 설움은 지나온 자죽마다 눈물 고이는데 우리 영감보담 못허네 한 숟갈 밥을 먹고 숟갈총으로 고추장 찍어먹고 영감이 나가믄 저이보단 날 건디 스덴그릇에다 땡을 치자 테레비에

서도 땡이 나옵니다 나두 반심사위원이여 히죽 웃는 할머
니 벽에 걸린 경주 갔을 때 첨성대 앞에서 같이 찍은 영감
님 사진도 금니 빛내며 웃으십니다 한갓진 굉일날 할머니
죽은 영감님 둘이서 오래오래 테레비를 보며 웃습니다

불귀
못골 12

진달래라고 하면 낯설어서
흔히 듣던 소리로 참꽃 참꽃 부르면
숭어리 숭어리 참꽃이 피어나
부얼부얼 꽃무더기 엉긴 꽃그늘
산제당 왼새끼 둘러친 돌담 곱게 단청 입힌 비각 아래
참꽃귀신 참꽃귀신들이 햇볕을 쬐며 쪼그려앉아 이를 잡아
뭉그러진 손으로 옷솔기를 더듬다가
입을 대고 톡톡 잇새에 이를 터뜨리며
뭉그러진 손으로 나를 불러
뭉그러진 입들이 줄줄 새는 발음으로
아가야 참꽃 줄게 이리 와라
아가야 참꽃 줄게 이리 와라
손가락이 떨어지고 일그러진 입들이 한 무더기 쏟아져
햇볕을 등에 지고 참꽃다발을 든 손들이 쏟아져내려
보리밭으로 달아나면
해토한 보리밭은
질컥하고 끈끈하니 발목을 붙잡고 늘어지며 점점 나를

끌고 들어가

엄마야 무서라 엄마야

보리밭 지나

검은 개들이 흘레붙은 보리밭 지나

둠벙가에 앉아서

방개 등에 미끄러지는 햇살이나 보고 있으면

둠벙 안에서 소리개가 소리개가

떠올라와 허공에 높이 떠서

빙빙 맴을 돌며 어질머리

왜 이랴 왜 이랴

후여 훠이 훠이 훠이

저, 저, 저것이 왜 안 가구 저 지랄을

저 이쁜 저것이

무얼 또 채가려고

훠이 훠어어어이

아가야 참꽃 줄게 이리 와라 이리 와라

훠이 훠이

곰보네 대장간 맨드라미꽃 빛깔

못골 13

곰보네 대장간엘 가면
곰보는 불을 괄게 피우고 풀무질을 하다
불 속에서 시우쇠 하나 꺼내서
칭칭 챙챙 불덩이를 두들겼는데요
치익치익 담금질을 하고
손에 침 타악 뱉어가며 모루에 쇠를 올려놓고
불덩이를 두들기는데
그때 그 얼굴빛이 그럴 수 없이 그윽하고 깊은 것이어서
고철더미 한쪽에 버글버글 피어오른
맨드라미 한 무더기를 퍼다 부은 것 같았는데요
불 곁에서 커서 그런가
말수 적은 곰보 화를 먹고 커서 그런가
맨드라미는 불타듯 이글이글 피었는데요
여자가 야반도주하고
반미치광이가 되어 헤매다 돌아온 뒤
곰보가 만들어 내놓은 식칼은
어찌나 야물고 날이 선득한지
가심까지 다 베이겠다고 했는데요

곰보가 그 지경이 되어 문을 닫았어도

해마다 맨드라미는 씨를 받아

성마르게 피고지고 했는데요

개나리 처녀
못골 14

개나리 처녀가 다듬잇돌로 두부를 눌러놓고 굳기를 기다리는 동안 종달새가 울어 울어 이팔청춘 봄이 갑니다 개나리 처녀는 질질 신발 끌고 나와 굳은 두부 네모지게 칼로 긋고 먹기 좋게 잘라 신김치 곁들여 소반에 담아 김치 고갱이 쌈 싸서 낭군님 드리고요 넙죽넙죽 미어지게 낭군님은 잡수시고요 낭군님은 옷을 입고 나와 잿간에 소피를 보시고는 괴나리봇짐 메고 감발하고 삽짝을 나섭니다 소쩍새 우는 봄밤을 낭군님은 가시고요 요놈의 봄바람에 덩을덩을 벚꽃잎은 엉겨서 떨어지고요 소쩍새 울음소리 울컥울컥 솟아나고요 낭군님은 그때 가서 영 오시질 않고요 노발대발 소문은 꼬리를 물고요 개나리 처녀는 폭삭 늙어가서 치마저고리 쪽찐 머리로 영정사진 속에 들어앉으셔서 아들 손주 절 받으시고요 느 아부지는 두부를 좋아하셨니라 두릿두릿한 눈으로 상에 두부가 있는가 없는가 살피시고요 죽은 시어미가 저승 시집살이까지 다 시킨다고 이 집 며느리는 구시렁구시렁하고요

정자옥
못골 15

    제금살이 이태 만에 자식 없이 서방 잡은 새터 감나무집 둘째 정자년 하늘바래기 두 배미만 쳐다보다간 굶어뒈지겠다고 충북상회 옆 삼거리에 뼁끼로 정자집 상호 적은 국밥집 냈다 깡똥하니 치뜨는 눈깔이며 암팡진 궁둥이 실룩거리며 술청에 들어 젓가락 장단에 불러젖히는 검게 타버린 흑산도 넘어 서산 갯마을이면 양조장집 민대머리 종묘상 배불뚝이 애간장이 다 녹아 각다귀 날치듯 뒤잡이질 끝에 핏대를 올리다 소주병이 깨지고 상이 날아가고 얌전히 앉았던 소주잔이 박살나면 정자란 년 의뭉하니 쭈그려앉았다가 끓는 물 한 바가지씩 퍼 안겨 왜장을 쳐 쫓아내곤 팔자타령 늘어져 사나란 것들 하나같이 다 똑같다고 탁배기 홀짝이다가 아가리 처벌리던 정자년 그래도 고년 올갱잇국 솜씨는 상질이라고 텁텁한 뜨물에 토장 풀고 정구지며 아욱을 넣고 우북히 담아내던 올갱잇국은 호가 나서 뒷물 안 한 지집같이 비릿하다고

석류꽃
못골 16

허따 숨 한번 돌리자 칩떠잡아 삼십삼천 내립떠잡아 이
십팔수 삼라만상 다 달개고 푸른 철릭 땀에 절어 가쁜 숨
몰아쉬며 접신한 몸 물큰 더운 김 쏟으며 가슴을 쥐어뜯다
하이고 복장이야 숨이 차서 못 살겠네 못 살겠어 울다 웃다
뒹굴고 토하고 부들부들 몸을 떨며 일어나 넋대를 잡고 부
르르르 떨며 눈을 뒤집어쓰고 저승 한켠 바라보다 에미를
찾아 애기가 되어 삼천대천 울며 헤매며 소매로 땟국 흐르
는 낯을 씻고 삼도천 짚으나 짚은 디서 에미를 불러 어머이
어머이 뚱뚱한 무녀의 몸을 빌려 애기가 온다 애기가 와 하
이고 숨맥혀 못 살겠네 못 살겠어 마른기침 쏟으며 워딨소
우리 어머이 워딨소 넋대를 흔들며 어머이 워딨소 푸른 대
나무 장대에 서린 애기가 와들와들 온몸을 떨며 오네 워딨
어 벌써 오라를 들고 저이들이 물을 건너오고 있는디 어머
이 워디 갔소 체머릴 흔들며 늙은 에미가 애기를 안으며 토
닥토닥 등을 두드리며 달개면서 하냥 울면서 그랴그랴 내
니 속 다 안다 말 못할 그 속 내 다 알지 알구말구 어여 어여
차린 건 없어두 달게나 먹고 가거라 젊어 객사한 무주고혼
애기가 저승 가네 제삿밥 한번 못 얻어먹은 삼촌이 가네 이

제는 장조카 괴롭히지 않겠다고 아무런 원도 한도 없다고
이렇게라도 어머일 보았으니 되었다고 나중에 나중에라도
어머이 찾아오라고 붉은 등 점점 저승까지 밝힌 석류꽃이
환하게 피고 있네

자라는 돌
못골 17

엄마 엄마 이 돌멩일 심어놓고
다독다독 북돋아주고 뜨물을 주면
우리가 안 보는 새 돌멩이가 자란대요

이 돌멩일 길러서 칠성바위만치 크면
단을 쌓고 치성을 드리고
엄마를 모셔올게요
엄마는 붉은 옷 푸른 옷 차려입고
너울너울 그 앞에서 잘 노세요
대나무 끝에서 파르르 파르르 잘 노시고
밥 한 숟갈 먹고 국 한 숟갈 먹고 잘 노세요
노시다 노시다가
그 돌 속에 들어가 앉으세요

엄마 엄마 그 돌멩이 더 자라서
만학천봉 심산유곡 거느리고
산지니 수지니 해동청 보라매도 쉬어 넘는
높으나 높은 고개도 몇개 두고

삼천대천 세상까지 봉우리 솟으면
볕 잘 드는 골짝에 띠집을 지어놓을게요
엄마는 거기서 쉬세요

엄마 엄마 이 돌멩이 다 자라서
소부동 대부동 능선 따라 솟으면
한쪽에선 달이 뜨고 한쪽으론 해가 뜨고
사슴이 목 축이는 계곡 속으로
거북일 타고 느릿느릿
한 손엔 달을 들고
한 손엔 해를 들고
그렇게 가보자구요

비지장 먹는 저녁
못골 18

순두부 빛 살구꽃 덩을덩을 엉긴 마당
돼지기름 미끈한 고깃집에 앉아
구쿰한 비지장을 먹는다
도야지 비계와 신김치가 들어간 비지장을
한 숟갈 퍼넣고 썩썩 비비면
간수 먹은 하늘에 뿌옇게 엉기는 별
장판이 타들어가게 불을 지핀 아랫목
비지장 띄우는 내
곱은 손을 호호 불어주던 사람도 가고
송아지에게 덕석을 입혀주던 이들도 갔지만
아직 무르던 발굽은 잊지 못한다
그 퀴퀴하다고만 할 수 없는
구쿰한 비지장 띄우는 냄새를

손님이야 있건 말건 꾸벅꾸벅 조는 사내를
뚱뚱한 여자는 쉰 목소리로 타박하다
개숫물을 행길에 함부로 뿌린다

비로소

고향이다

그 저녁에 대하여

못골 19

뭐라 말해야 하나

그 저녁에 대하여

그 저녁 우리 마당에 그득히 마실 오던 별과 달에 대하여

포실하니 분이 나던 감자 양푼을

달무리처럼 둘러앉은 일가들이며

일가들을 따라온 놓아먹이는 개들과

헝겊 덧대 기운 고무신들에 대하여

김치 얹어 감자를 먹으며

앞섶을 열어 젖을 물리던

목소리 우렁우렁하던 수양고모에 대하여

그 고모를 따라온 꼬리 끝에 흰 점이 배긴 개에 대하여

그걸 다 어떻게 말해야 하나

겨운 졸음 속으로 지그시 눈 감은 소와

구유 속이며 쇠지랑물 속까지 파고들던 별과 달

슬레이트지붕 너머

묵은 가죽나무가 흩뿌리던 그 저녁빛의

그윽함에 대하여

뭐라 말할 수 없는 그 저녁의

퍼붓는 졸음 속으로 내리던
감자분 같은 보얀 달빛에 대하여

고향에 돌아와도

못골 20

침목 사이 꽃다지
돌 틈에 민들레
막걸리 묻은 작업복
마늘대를 벗기다가 꾸벅이는 노친네
심천 가는 차가 몇시여
씨발, 처들인 돈이 얼만데

　　고향에 고향에 돌아와도
　　그리던 고향은 아니러뇨

광장에 지용시비
그래두 그이가 착실했지
나이두 어리구 싹싹하구
시부모한테두 그만하믄
외국서 온 사람 같지 않구……

　　산꿩이 알을 품고
　　뻐꾸기 제철에 울건만

마음은 제 고향 지니지 않고……

　애새끼들 다 떼놓고
　나 혼자 어떡하라구
　17시 21분에 출발하는 서울행 열차를 이용하실 고객께서
는 3번 타는 곳으로 나가주시기 바랍니다
　광장 한켠 해묵은 플라타너스

　　고향에 고향에 돌아와도
　　그리던 하늘만이 높푸르구나

* 굵은 글씨는 정지용 「고향」에서.

켄터키 옛집에
못골 21

명주실에 매인 지네가 처마 끝에 매달려 있다

아직 숨이 안 끊어졌는지 여러 개의 발이 허공을 긁어댄다

잔뜩 씨가 맺힌 댑싸리는 꺾여 진창에 박히고

처마에 걸어둔 엄나무는 허옇게 곰팡이가 피었다

백열등을 얽어 오동잎만한 거미줄을 친 거미가

막 날아든 나방이를 얽어맨다

석 삼(三) 자가 **빠**져나간 뒤주는 아귀가 안 맞아 문짝을
따로 떼어두었다

두억시니 같은 늙은이가 간신히 몸을 일으킨다

풍을 맞아 오그라진 한쪽 손이 얼음장 같다

모내기 전 앵두를 따주던 손이 한 움큼 저승을 움켜쥐었다

입가에 침을 흘리며 검버섯 핀 얼굴이 웃는다

야야 니가 그새 이르케……
엊그제 내가 너를 받은 거 거튼디……

그렁그렁한 눈이 먼 데를 더듬는다

명주실을 타고 오르던 지네가 힘이 다했는지 축 늘어졌다

제4부

이윽고

그가 물 밖으로 나왔다
아가미가 있던 자리가 봉해지고
온몸의 비늘들 하얗게 부서져내렸다

후—
숨을 몰아쉬자 물 위로 별들이 돋아났다
그는 허리를 구부려 귀퉁이가 깨진 달을 주워들었다

목이 긴 새들이 날아가고
그는 옷을 입고 신을 신고 지팡이 쥔 채 떠나갔다

이윽고
물에서 악취가 나고
배를 드러낸 물고기들이 떠오르기 시작했다

이곳의 나무들은
큰 나무에서 작은 나무에 이르기까지
모두 억센 가시를 지니게 되었다

브레멘으로

자, 이제 브레멘으로 가자
가서 음악대 단원이 되자
조막손이와 청맹과니와 문둥이와
수탉과 당나귀와 개와 고양이와
할머니 할아버지와
아버지 어머니와
다 브레멘에서 만나자

북 치고 소고 들고 상모 돌리며
옹금종금 종금새야
까치비단 노루새야
다동비단 꼬꿀새야
다 브레멘으로
브레멘으로

접목

네 그늘도 자잘한 이파리도
이제 여기는 없다고
가지에 앉아 지저귀던 새들이며 바람이며 구름들
다 거짓이었다고
다 거짓말이었다고
이제 더는 없다고
가지마다 피우던 흰 꽃도
팔랑이던 푸른 이파리도
모두 다 잊어버리라고
이젠 밑동만 남은 죽은 나무일 뿐이라고
무너지듯 그루터기에 주저앉았을 뿐인데
찌르르르 등줄기를 타고 수액이 올라와
더운 숨을 내쉬며 내 귀에다 대고
뭐라고 뭐라고 속삭이는데
소스라치게 귀 끝 솜털까지 곤두서는데
눈앞에 반짝반짝 빛내며 팔랑이는 네 이파리
가슴을 비집고 나오는 나뭇가지
잎이 돋고 꽃이 피고

새들이 날아와 앉고
내 몸이 땅속 깊은 데로 열려
너를 안았는데
어쩔 수 없었다고
더운 숨을 뿜으며
이제는 그만 잊으라고
잊어버리라고
차라리 이게 나을지도
잘된 일일지도 모른다고 속삭이는데

거꾸로 서서 걸어가[*]

실리 샐리가 걸어가
거꾸로 서서 걸어가
사람 손이 타지 않은 것을 찾아가
새들이 거꾸로 날아 따라가
짐승들도 거꾸로 서서 따라가
실꾸리를 아무리 풀어도
우물은 깊고 깊어 바닥이 닿질 않아
손이 뭉그러지도록
흰 옷은 검게 빨고
검은 옷은 희게 빨아도
그 늙은이는 딴청만 피울 뿐
실리 샐리가 걸어가
거꾸로 서서 걸어가
물 위에 오리들 다 불러들이고
염소들 다 우리에 집어넣은 다음
풀들은 마르고
나무는 이파리를 다 떨궈
실리 샐리가 걸어가

사람 손이 타지 않은 것을 찾아가
실리 샐리가 걸어가
거꾸로 서서 걸어가
손이 발이 되고
발이 손이 될 때까지
노래 부르고 춤추며
실리 샐리가 걸어가

* 오드리 우드(Audrey Wood) 『실리 샐리』에서.

빗방울은 구두를 신었을까[*]

아직 발굽도 여물지 않은 어린것들이
소란스레 함석지붕에서 놀다가
마당까지 내려와 잘박잘박 논다
징도 박을 수 없는 무른 발들이
물거품을 만들었다가
톡톡 터뜨리다 히히히힝 웃다가
아주까리 이파리에 매달려
또록또록 눈알을 굴리며 논다
마당 그득 동그라미 그리며 논다
놀다가
빼꼼히 지붕을 타고 내려가
방바닥에 받쳐둔 양동이 속으로도 들어가 논다
비스듬히 기운 집 안
신발도 신지 않은 무른 발들이
찰방찰방 뛰며 논다
기우뚱 집 한 채
파문에 일렁일렁 논다

* 힐데가르트 볼게무트(Hildegard Wohlgemuth)의 동화 제목.

복숭아 먹고

웃녘 새는 울로 가고
아랫녘 새는 알로 가고
무거운 건 바닥에 가라앉고
가벼운 건 다 공중에 떠오르고
염소는 우리 안에서
달구새낀 헛간에서 자장자장 잠이 들고
검은 새는 흰 새 되고
흰 새는 검은 새 되어
낮으로 밤으로 다 뿔뿔이 나눠지고
마지막 한 생각까지 다 제 갈 데로 가서
모든 것 다 제각기 제 갈 길 찾아간 뒤
못다 먹고 못 간 새는
어디로 가야 하나
어드메로 가야 하나
아나, 까투리 복숭아 하나 먹고
어여 너도 가거라
너 갈 데로 가거라

아무 날 아무 때 아무 시

아무 날 아무 때 아무 시에
어디 어디로 가면 누구를 만날 거라고
그를 만나서 이야기 좀 잘 해보라고
바짓가랑이라도 붙잡고 늘어지라고
멱살을 움켜쥐고 협박이라도 해보라고
살살 구슬리며 달래도 보라고
송두리째 꽃을 꺾어다 주고
한 시루 떡을 찌고 한 가마 밥을 짓고
소라도 한 마리 잡아 올리라고
세상에 없는 노래라도 지어 부르라고
울긋불긋한 옷을 입고
창을 들고 칼을 들고
황홀하게 홀리는 춤이라도 춰보라고
작둣날에라도 서보라고
잘 구슬리고 달래서 꼭 그렇게 하라고
꼭 그래야만 한다고
바늘귀를 지나서 축생을 지나가라고
전생과 후생 사이를 거듭 왔다갔다하라고

잊지 말라고
아무 날 아무 때 아무 시라고
꼭 어디 어디로 가야 한다고

종달새를 쫓는 붉은 원판[*]

종달새가 날아간다
솟구쳤다 이제는 까마득 보이지 않는다
어디로 갔을까
노란 부리 검은 눈동자 하얀 솜털
나는 팔 다리 머리까지 웅크린 붉은 원판
종달새를 쫓아
초록 요정의 나라와
철부지 음표들의 나라를 지나고
거인들의 횡단보도 지나
고래 뱃속으로 난 길로 구르고
종달새는 지저귀며 날아오르고
포르롱 포르롱
솟구치고 내리꽂히고
바보야
여기까지 와봐
여기야 여기라니까
쫑긋대며 날아오르는 종달새
종달새는

여기저기서 지저귀고
푸른 사다리를 기어오르다
숨이 턱에 차서 드러누운 원판
나는 종달새를 쫓던 붉은 원판
너는 언제나 그 자리에 없는
장난꾸러기 종달새

* 호안 미로(Joan Miro)의 작품 제목.

이으으으옹

이으으으옹 모르겠네
머리맡에서 할머니 갸웃대며 골똘하시다
그걸 어디다 둔다고 잘 됐는디
이으으옹 못 찾겠네 못 찾겠어
할머니 밤새 장롱이며 반닫이를 쑤석거린다
할머니가 이으으옹 모르겠네 할 때
그 둥글게 꿈속까지 번지던 이으으으옹은
글자로 옮겨 적을 수가 없다
(으가 세 번 들어갔는지 더 길게 발음이 되었는지)
할머니 밤마다 내 머리맡에서 고개를 갸웃대며
이으으으옹 못 찾겠네
정신머리가 이렇게 없어서야 하시며
머리를 흔드신다
이으으옹을 뒤적이며
자꾸 할머니를 빼닮았다는 나도
고개를 갸웃대며
문자로 옮길 수 없는 말과
어디 있는지 모를 무엇을 찾아

이ㅇㅇㅇㅇㅇㅇ응

이ㅇㅇㅇㅇㅇㅇ응

못 찾겠네 못 찾겠어를 중얼거려보는 것이다

나비

창우야
기구한 팔자로다
니 피 더우니 어쩔 것이냐
태이길 그리 태인걸
은근짜 논다니 왈패들
자꾸 니 속에서 쏘삭이는데
슬슬 꼬드기며 뒷덜미 잡아끄는데
재주나 팔면서
허랑허랑 밥이나 빌다
어느 길섶 돌무덤에나 묻힐 팔자인데
창우야
정분 둔 계집도
내 피 받은 자식도
무정하더라 부질없더라
창우야
오늘은 꽃을 꺾으며 간다만
내일은 또 어느 동리서 곰뱅이를 틀꼬
창우야

어정시럽게 여기저기 쏘다니면서

제 혼자도 겨워 흑흑대면서

가는 창우야

니나노 난실로

아니요
조금만 더 울고 갈게요
당신 먼저 가요
지금 나는 그때 내가 아니고
내 노래도 그때 부르던 노래가 아니죠
나를 살지 못해 나는 내가 아니었어요
당신도 그리웠던 당신이 아니었어요
신발 벗어 물에 띄우고
그림자 벗어 꽃 핀 나무에 걸어두고
꽃 꺾어 채에 달고 북 치며 가요
니나노 난실로 내가 돌아가요
명사십리 해당화는 벌써 다 졌어요
마량리 동백꽃도 다 떨어지구요
이 몸을 해가지고 내가 가요
니나노 난실로 내가 돌아가요
찬물에 밥 말아 먹고
니나노 난실로 나 돌아갑니다

하염없음이 하염없게도

조강석

1

송진권의 시집을 읽다보면 두 가지 생각이 교차하는 것을 느낀다. 어쩌면 이렇게도 도저한 허무의 세계일까? 어쩌면 이렇게도 무신경한 세계일까? 얼핏 보면 이 두 태도는 모순적으로 보일 수 있다. 그러나 도저한 허무의 세계와 무신경한 세계는 송진권의 시집 안에서 자유자재로 태를 바꾼다. 보다 정확히 말하자면 슬픔으로 만연한 허무의 세계를 고유한 질서를 지닌 리듬의 세계로 변환시키려는 의지가 생 자체의 질서와 리듬 속의 아름다움을 발견하게 하는 현장이 송진권의 첫시집이라고 할 수 있겠다.

차고 넘치는 슬픔과 허무를 이기려는 대조적인 두 가지 방법이 있다. 하나는, 납득할 만한 설명을 구하는 것이다. 비유컨대, 슬픔에 대한 이신론(理神論)적 태도라고 할 수 있을 이러한 태도에 의해 우리는 정서적 동요보다 조금 더 길든 자세로 허무를 대할 수 있다. 슬픔을 백일하의 인과관계를 통해 드러내는 태도는 위안은 되지 않는다 해도 슬픔에 따른 고통을 심적으로 길들이는 데 도움을 준다. 그러나 역시 이것은 미봉책이 될 수밖에 없다. 조금 더 적극적인 방식이 있다. 슬픔을 자명한 세계의 리듬의 일부로 만드는 것이다. 지나치게 기뻐할 것도 없는 것처럼 지나치게 고통스러워할 것도 없는 것이 세계의 양상이며, 이때 그 세계의 여일한 리듬을 발견할 수만 있다면 개별적 슬픔을 그 리듬에 공명시킬 수 있으리라는 기대 역시 가능하다. 송진권의 시는 바로 그 리듬의 발견과 리듬에의 공명을 핵심으로 삼는 시라고 할 수 있겠다. 슬픔을 목적도 면목도 보상도 없는 태연한 리듬에 걸어두는 것을 통해 자연인으로서 그리고 시인으로서 송진권은 견딘다.

간다
소쩍새 울음 그 컴컴한 구렁 속으로
물 가둔 논에 뜬 개구리알 건져 먹고
조팝꽃 더미 속으로
거멓게 웅크린 상여막 어둠 속으로

갈 때까지 간다

꽃 핀 나무 지나 죽은 나무에게로
죽은 나무 지나 조금 더 간다
지옥까지
개를 만나면 개를 타고 간다
깨벌레를 만나면 깨벌레에 업혀 간다

눈깔사탕 같은 달을 물고
열 손가락 기름 먹여 횃불 해 들고
머리카락 뽑아 신을 삼아
십년을 살며 아이 일곱을 낳아주고
더 더 간다
털실뭉치 굴리며 간다
요강뚜껑 굴리며 간다

우우 봄밤
우우 하염없는 봄밤

—「하염없이」전문

　여러번 반복하며 명시하고 있듯이 이 시의 중심행위는
'간다'이다. 그렇다면 이 용언의 주체는 누구인가, 혹은 무
엇인가? 1연부터 차례로 읽어가며 시의 전면에 부각된 '간
다'라는 동사의 주체를 찾는 이에게 이 시는 낭패감을 준

다. 어떤 인격적 주체도 또 어떤 단수의 생명도 이 용언의 주어 자리를 차지할 수 없음을 알게 되기 때문이다. 그렇기 때문에 이 시는 거듭 읽힐 수밖에 없다. 용언이 먼저, 그리고 반복적으로 제시되는 까닭에 처음에 독자가 그 행위의 주어를 추적하려는 의지를 품게 되는 것은 자연스러운 일이나 시 한편의 완독을 통해 이는 실익이 없는 의지라는 것이 대번 밝혀진다. 그렇다면 다시 처음부터 시를 읽을 수밖에 없다. 그러나 미리 말하지만, 그렇다고 해서 처음의 그 행위가 결코 헛된 것만은 아니다. 조금 더 세밀한 독해를 가능하게 하기 때문이다.

주어가, 주체가 명료하지 않다면 이제는 사태 그 자체를 보자. 누가, 혹은 무엇이 가는 것인지는 모르나 어디로 가는 것인지는 드러나 있다. "컴컴한 구렁" "상여막 어둠 속"으로 간다. "개구리알" 같은 생의 기미를 섭생하며 그 무언가는 구멍과 어둠을 향해 간다. 독자는 이 이미지들을 통해 드러나는 죽음의 기운을 쉽게 떨칠 수 없다.

그런데 2연에서 '간다'는 행위는 죽음마저 초과한다. "꽃핀 나무 지나 죽은 나무에게로" 가는 것은 1연의 행로와 거의 유사하다. 그러나 2연에서 중요한 것은 얼핏 죽음을 종착역으로 두는 것 같았던 이 행위, '간다'는 행위가 그 죽음마저 경과하고 만다는 것이다. "갈 때까지 간다"는 것은 이것이 목적지에 도착하는 것을 의도한 운동이 아니라 '간다'

는 행위 자체에 의미를 두고 있는 것임을 뜻한다. 그리고 "개" "깨벌레"와 같이 비근한 것들조차 이 '간다'는 행위의 조력자가 된다. 그러니 2연에 명기된 목적지인 "지옥"은 천국의 반대항이 아니라 '간다'는 행위의 종지(終止)와 관계 깊을 수밖에 없다. '지옥까지 간다'는 표면적 진술은 실은 '간다는 운동을 멈추면 지옥이다'라는 진술을 뱃속에 품고 있다. 도저한 운동이 아닐 수 없다.

3연에는 한 구체적 죽음의 정황이 다루어진다. "십년을 살며 아이 일곱을 낳아주고" 간 이가 등장한다. 그런데 그 역시 죽어 정지하는 것이 아니라 "더 더 간다". 어쩌면 이 시는 3연에 등장한 구체적 죽음에 대한 애도의 시로 읽힐 수도 있으리라. 그러나 중요한 것은 그조차 "더 더 간다"는 것이다. 그렇기에 이 시의 제목은 "하염없이"가 된다. 마지막 연에 "하염없는 봄밤"이라는 말이 직접 나오기 때문에 '간다'의 주어 자리에 봄밤을 얹어볼 수는 있지만 그러나 이 시는 결코 '봄밤이 하염없이 간다'는 식의 애상과는 거리가 멀다. 이 시의 진정한 주어는 '하염없음'이라고 하는 편이 더 나을 것이다. 감정과 의지와는 별개로 그저 "더 더 가"는 저 도저한 세계, 하염없음이 하염없이 간다, 갈 때까지 간다, 더 더 간다.

2

얼굴을 볼 수 없는 따스한 등만 생각난다
그 집에다
나를 내려놓고 그길로 되짚어갔다 한다
다시는 안 오마고 했다 한다
그 집에서 살았다
할미 할아비라는 이와
어미 아비라는 이와

―「너머」 부분

먼 세상의 꽃밭은 엄마를 태우고
어디 어디로 가고
엄마는 나를 낳아놓고
한정없이 붉은 곳으로 가고
이켠에서 동동 구르며 불러도
엄마는 가고

―「먼 꽃밭」 부분

　어쩌면 하염없음을 바라보는 이의 눈에만 들어오는 저
무정형, 무목적의 시간은 그것을 바라보는 이의 삶의 리듬
을 위해 요청된 것인지 모른다. 인용된 두 편의 시는 개인

사의 한 대목일 수도 있고 상황의 극적인 조성일 수도 있다. 우리에게 중요한 것은 어느 쪽인가를 가리는 데 있지 않다. 독자의 몫은 작품 외적 사실관계를 수사하는 것이 아니라 작품 내적 실재를 시의 온전한 실재로 간주하는 것이니까. 그렇게 보았을 때, 이 두 시는 앞서 살펴본 하염없음이 왜 이 시집에서 요청된 것인지를 이해하게 해준다. 가장 원초적인 슬픔과 상처를 어찌 논리와 이법과 인과로 다스리랴. 슬픔의 미적 보상은 고해나 인과의 규명에 있지 않다. 우리네 삶의 구체적 사건들을 관장하는 시간의 규모를 조정하는 방법이 가능하고, 그것을 인과를 넘어선 하염없는 리듬의 세계로 풀어내는 방법이 가능할 따름이다. 이 시집의 3부에 실린 몽골 시편 연작은 바로 그런 세계의 창조를 겨냥한 것이다. 아니, 거꾸로 이 시집은 바로 그런 세계를 요청한다.

애새끼들 다 떼놓고
나 혼자 어떡하라구
17시 21분에 출발하는 서울행 열차를 이용하실 고객께서는 3번 타는 곳으로 나가주시기 바랍니다
광장 한켠 해묵은 플라타너스

고향에 고향에 돌아와도

그리던 하늘만이 높푸르구나

        —「고향에 돌아와도—못골 20」 부분

뭐라 말해야 하나
그 저녁에 대하여
그 저녁 우리 마당에 그득히 마실 오던 별과 달에 대하여
포실하니 분이 나던 감자 양푼을
달무리처럼 둘러앉은 일가들이며
일가들을 따라온 놓아먹이는 개들과
헝겊 덧대 기운 고무신들에 대하여
김치 얹어 감자를 먹으며
앞섶을 열어 젖을 물리던
목소리 우렁우렁하던 수양고모에 대하여
그 고모를 따라온 꼬리 끝에 흰 점이 배긴 개에 대하여
그걸 다 어떻게 말해야 하나
겨운 졸음 속으로 지그시 눈 감은 소와
구유 속이며 쇠지랑물 속까지 파고들던 별과 달
슬레이트지붕 너머
묵은 가죽나무가 흩뿌리던 그 저녁빛의
그 그윽함에 대하여
뭐라 말할 수 없는 그 저녁의
퍼붓는 졸음 속으로 내리던

감자분 같은 보얀 달빛에 대하여

―「그 저녁에 대하여―못골 19」 전문

이 시집에서 상당한 분량을 차지하는 못골 연작은 한 마을의 다감한 삶들에 대한 보고서가 아니다. 또한 그것은, 설령 그런 이름의 마을이 실제로 있다 해도, 경험적으로 우리가 지목할 수 있는 구체적 지명상의 마을도 아니다. 못골은 공동체적 삶의 풍경이 아름답고 우리가 뒤에 두고 온 마을의 향취가 자꾸만 발길을 끄는 동리가 결코 아니다. 못골은 백석의 어릴적 마을도 정지용이 향수하던 마을도 아니다. 오히려 못골은 좀처럼 그런 사연이라고는 들어볼 길 없는 사설들로 이루어진 마을이라고 할 수 있다.

못골 연작은 고향에 대한 향수가 아니라 한 심적인 마을의 창조다. 정확히는 못골은 하염없음의 외화다. 이 마을은 그윽함과 아늑함과 슬픔과 상처 들이 어떻게 그렇게 하염없이 펼쳐지며 흘러갈 수 있는지를 공간적으로 전개한, 사물과 사건의 태를 띤 마음이다. 바로 그런 의미에서 못골은 하염없음의 고향인바, 인용된 시에서 우리는 앞서 보았던 「너머」와 「먼 꽃밭」에서 내비치던 슬픔의 이력이 자명한 리듬으로 변용되는 현장을 목격할 수 있다.

「고향에 돌아와도―못골 20」에서 못골은 외국인 아내가 아이들을 버리고 떠나는 마을이며 「그 저녁에 대하여―못

골 19」에서 못골은 저녁빛의 그윽함이 깃드는 마을이다. 상
처와 심연이 동시에 존재하는 곳인 이 마을은 생의 리듬의
태연자약함을 배후에 지녔다. 「고향에 돌아와도-못골 20」
의 상처와 「그 저녁에 대하여-못골 19」의 심연이 가질 수
있는 여러가지 관계의 형식들 중에서 우리에게 가장 익숙
한 것은 심연이 상처를 어루만지게 하는 것이다. 자연을 통
한 위안이라는 오래된 관계형식이 바로 그것이다. 그러나
만약 여기서 그것을 반복한다면 이 시집은 후퇴. 세밀하
게 분간되어야 할 것이되, 못골 연작에서는 상처와 심연을
나란히 세우는 태도가 두드러진다. 시를 통한 위안이 심연
이 상처를 짊어지는 쪽이라면, 하염없음이란 상처와 심연
이 나란히 '갈 때까지 가는' '언제까지 가는' 쪽이다.

3

　　너무 여물어 빨빨 쉰 보리밭 말고
　　아직 연한 보리밭쯤이면 될랑가
　　그것도 평지에 펀펀히 드러누운 보리밭 말고
　　산날망 넘어오는 뙤똥한 보리밭쯤이라면 어떨랑가
　　막 비 온 뒤끝이라 파릇파릇 웃자라서
　　대공을 잘근잘근 씹으면 단물이 배어나는

배동 오른 보리밭쯤이면 될랑가

아지랑이 아물아물한 데서

하늘아이들이 시시덕대며 내려와 소꿉놀이하며

풀꽃 따다 밥 짓고 반찬 하고

보리피리 불다 돌아간 뒤

그나마 정든 구천도 어두워지고

살도 뼈도 다 저 갈 데로 가버리면

파릇한 혼백 하나

착하고 뚱뚱한 구름 속으로 둥둥 날아가

왼어깨에는 해를 앉히고

오른어깨에는 달을 얹고

머리카락엔 솜솜 별을 뜯어붙이고

이쪽을 향해 손을 흔들며

안녕이라고 할랑가

할 수나 있을랑가

—「보리밭의 잠」 전문

다시 한번 이 시집의 세계가 하염없음, 즉 어떠한 무궁의
세계이되 그것이 결국은 삶의 슬픔에 대한 애도를 위해 요
청된 것임을 조금 더 단단한 형태로 확인할 수 있다. 이 시
에 깃든 상상력은 공동체적이라거나 생명존중의 사상이
라거나 자연친화적이라는 말들을 넘어선다. 시인이 이렇

게 부드러운 애도를 취할 수 있게 된 것은 사태가 하염없어짐을 바라보는 연습 때문이다. 두말할 것 없이 그것은 또한 시의 몫이다. 이 시는 처연하되 축축하지 않고 따뜻하되 덥지 않다. 이렇게 부드러운 초혼(招魂)과 축문이 있었던가? 구천을 떠도는 어린 영들의 안부에 대한 상상 자체도 삶이, 사태가 갈 데까지 가서 결국은 슬퍼지고야 마는 곳까지 보고야 마는 이들에게만 가능한 것일진대, 이는 사태에 초연한 것이 아니라 한 사태를 하염없는 시간들 속에서 오히려 바로 볼 수 있게 될 때 가능하다. 이 시에 담긴 축원이 연민을 넘어서는 까닭은 사태를 하염없는 시간 속에서 조망하기 때문이며, 그것이 단지 품 넉넉한 이의 오지랖에 관련된 것이 아님은 시에 제시된 구체적 이미지들에 대한 배려의 섬세함 덕분이다. 구천을 떠도는 어린 영들이 "살도 뼈도 다 저 갈 데로" 간 뒤 잠시 놀다 다시 결연한 발길을 재촉해야 하는 마당으로 너무 여문 보리밭도 아니고 아직 연한 보리밭을 상상한 이가 얼마나 되었을까? 시간은 넓혀지고 배려는 섬세해졌다. 슬픔과 하염없음이, 상처와 심연이 시의 이미지와 리듬에 의해 상하가 아니라 병렬관계에 놓임으로써 어조는 편해지고 호소는 강해졌다. 곡진하다.

   웃녘 새는 울로 가고
   아랫녘 새는 알로 가고

무거운 건 바닥에 가라앉고
가벼운 건 다 공중에 떠오르고
염소는 우리 안에서
달구새긴 헛간에서 자장자장 잠이 들고
검은 새는 흰 새 되고
흰 새는 검은 새 되어
낮으로 밤으로 다 뿔뿔이 나뉘지고
마지막 한 생각까지 다 제 갈 데로 가서
모든 것 다 제각기 제 갈 길 찾아간 뒤
못다 먹고 못 간 새는
어디로 가야 하나
어드메로 가야 하나
아나, 까투리 복숭아 하나 먹고
어여 너도 가거라
너 갈 데로 가거라

—「복숭아 먹고」 전문

　하염없는 시간에 비추면 모든 사태가 몰도덕적으로 사필
귀정이다. 몰도덕적이라 함은 도덕을 저버렸다는 것이 아
니라 그것을 넘어섰다는 것을 의미한다. 본래 사필귀정이
란 도덕에 의해 사태의 인과관계가 정립됨을 뜻하는 것이
지만, 하염없음의 시계에서 그것은 도덕적이고 정서적인

자극과 유도 없이 사태가 제자리를 찾아감을 의미한다. 이 시는 슬픔과 상처마저 "갈 때까지 가는" 행로의 한 귀결을 보여준다. 도덕이나 정서, 연민이나 설득 등으로는 닿지 않는 세계의 사필귀정, "웃녘 새는 울로 가고/아랫녘 새는 알로 가"는 행보, "무거운 건 바닥에 가라앉고/가벼운 건 다 공중에 떠오르"는 이치뿐만 아니라 검은 새가 흰 새 되고 흰 새가 검은 새 되는 장구한 시간을 통해 "마지막 한 생각까지 다 제 갈 데로 가서" "모든 것 다 제각기 제 갈 길 찾아"가는 세계까지 상상하고도 또 더 나아가는 사유가 있다. 모든 것이 결국은 제 갈 길 찾아간 뒤에도 행여나 "못다 먹고 못 간 새"까지 상상하는 이는 틀림없이 하염없다. 모든 정한 이치 이후의 구체적 결핍마저 헤아리는 사유는 곡진하다. 그 생에 없는 "까투리 복숭아 하나", 이 시인은 울지 않고 울리는 비결을 지니고 있다.

趙强石 | 문학평론가

왜 이제야 왔느냐고 묻는다면 뭐라고 해야 하나
아무렇지도 않은 척 딴청이나 피워야 하나
아니면 짐짓 들어서면서 도꼬마리나 떼어내야 하나
한없이 거꾸로 서서 걸어가면서 무엇을 만났던가
민화 속 우스꽝스런 호랑이와 까치, 해, 달, 별, 물고기
어딘가 좀 모자란 듯 삐뚤며 원근법이 무시된 그 그림의
화려한 색채는
무엇을 바라서 그리 처연하니 슬픈 빛을 띠었던가
아직도 내 속에 여전히 꿈틀대며 살고 있는 것들
옹애, 따부, 호야, 꾸구리, 지네뿔에 발굽 크던 소
네미, 고욤, 깨금, 찬물구덩이, 가린여울, 노루목, 딸레
산을 몇개나 넘어 높은벌로 시집간 선례 누나

그 뼛골에 박힌 선연함을 어떻게 다 풀어낼 수 있을 것인
가
　내 시들이 소를 몰고 어둑발 내리는 길을 걸어
　느지감치 집에 돌아와 저녁상에 앉은 아이의 얼굴 같기를

　시집이 나오기까지 고마운 분들이 너무 많다.
　살면서 두고두고 갚아야 하리라.

　첫시집을 눈물 많았던 어머니에게
　그리고 사랑하는 가족들에게

2011년 뻐꾸기 울음 분분한 초여름
옥천에서
송진권

창비시선 331

자라는 돌

초판 1쇄 발행/2011년 6월 27일

지은이/송진권
펴낸이/고세현
책임편집/이하나
펴낸곳/(주)창비
등록/1986년 8월 5일 제85호
주소/413-756 경기도 파주시 교하읍 문발리 513-11
전화/031-955-3333
팩시밀리/영업 031-955-3399 편집 031-955-3400
홈페이지/www.changbi.com
전자우편/literat@changbi.com
인쇄/한교원색

ⓒ 송진권 2011
ISBN 978-89-364-2331-5 03810